SV

Arno Schmidt

Die Umsiedler

Prosastudie

Suhrkamp

Textgrundlage ist die setzfehlerberichtigte Bargfelder Ausgabe der Werke Arno Schmidts.
Die Umsiedler wurden 1953 durch die Frankfurter Verlagsanstalt (studio frankfurt 6) veröffentlicht.

Suhrkamp Verlag Frankfurt am Main
Mit freundlicher Genehmigung der Arno Schmidt Stiftung, Bargfeld

Satz: Friedrich Forssman, Kassel
Druck: Nomos Verlagsgesellschaft, Baden-Baden
Printed in Germany
Erste Auflage 2002
ISBN 3-518-41357-0

1 2 3 4 5 6 – 07 06 05 04 03 02

Die Umsiedler

»Elender, dir allein
    ist nicht dein Vaterland teuer?« –
»Ja, beim Himmel!
    auch mich kostet es Tränen genug!«

Arno Schmidt
Die Umsiedler

Zwischen 1944 und 1950 waren mehr als 12 Millionen Deutsche infolge von Krieg und Vertreibung auf der Flucht. Sie suchten in dem verwüsteten Land eine neue Heimat. Kein Schriftsteller hat das Elend der erzwungenen Auswanderung mit solcher Eindringlichkeit geschildert wie Arno Schmidt in seinem 1953 erschienenen Kurzroman *Die Umsiedler.*
Eine verregnete Dezembernacht des Jahres 1950: Ein Mann verlädt sein spärliches Hab und Gut auf einen Güterzug. Wie viele andere erhofft er sich mit der Übersiedelung aus dem Niedersächsischen nach Rheinhessen einen neuen Anfang. Kurz vor Abfahrt am frühen Morgen lernt der Umsiedler eine resolute junge Frau kennen, die im Krieg ihren Mann verloren und selbst einen Fuß eingebüßt hat. Auf der mehrtägigen Bahnfahrt nach Süden kommen sich der bücherversessene Erzähler und seine neue Bekannte näher.
Der Roman zeigt in einer raschen Bilderfolge die Enge und den Mangel nicht nur des jungen Paares. Momentaufnahmen von der Ankunft in dem kleinen Dorf, von der Schwierigkeit, sich in einer schäbigen Kammer einzurichten, von Briketts und Brühwürfeln, vom Argwohn der Einheimischen und von zarter Hoffnung auf ein gemeinsames Leben zucken vorüber und prägen sich dem Leser ein. »So leben wir zunächst zusammen; wie es weiter wird, weiß ich noch nicht.«

»Deutschland wird in der Weltgeschichte einmal den Ruhm des Steines haben, über den Menschen mehrfach gestolpert sind.«
Arno Schmidt

»Schmidt, der selbst aus Schlesien flüchten mußte, hat wie kein zweiter Nachkriegsautor das Thema der Vertriebenen fortwährend in seinem Werk behandelt.« *Tilman Spreckelsen, FAZ*

Arno Schmidt, 1914 in Hamburg geboren. Nach Ausbildung zum Lagerbuchhalter und den Kriegsjahren seit 1947 freier Schriftsteller. Lebte nach mehreren Umzügen von 1958 bis zu seinem Tod im Jahr 1979 im niedersächsischen Bargfeld, Krs. Celle.

Zuletzt erschienen:
Das steinerne Herz, 2002 (Bibliothek Suhrkamp 1353)
Brüssel/Die Feuerstellung, 2002

In gleicher Ausstattung liegen vor:

Samuel Beckett: Die Welt und die Hose
Thomas Bernhard: Claus Peymann kauft sich eine Hose ...
– Ereignisse
Volker Braun: Bodenloser Satz
– Iphigenie in Freiheit
– Die vier Werkzeugmacher
Irene Dische: Der Doktor braucht ein Heim
Marguerite Duras: C'est tout. Das ist alles
– Schreiben
Hans Magnus Enzensberger: Aussichten auf den Bürgerkrieg
– Die Große Wanderung
– Voltaires Neffe
Werner Fritsch: Sense
Durs Grünbein: Den Teuren Toten
Wolfgang Hildesheimer: Rede an die Jugend
Bohumil Hrabal: Die Zauberflöte
Elfriede Jelinek: er nicht als er
Hans Jonas: Philosophie. Rückschau und Vorschau ...
Lídia Jorge: Eine Liebe
Bodo Kirchhoff: Der Ansager einer Stripteasenummer gibt nicht auf
Wolfgang Koeppen: Es war einmal in Masuren
György Konrád: Heimkehr
Angela Krauß: Der Dienst
Friederike Mayröcker: das zu Sehende, das zu Hörende
– Requiem für Ernst Jandl
Adolf Muschg: Nur ausziehen wollte sie sich nicht
Valeria Narbikova: Wettlauf. Lauf
Paul Nizon: Das Auge des Kuriers
Cees Nooteboom: Der Buddha hinter dem Bretterzaun
– Kinderspiele
– Mokusei! Eine Liebesgeschichte
Amos Oz: Der Berg des bösen Rates
Octavio Paz: Itinerarium. Kleine politische Autobiographie
– Lektüre und Kontemplation
Ralf Rothmann: Berlin Blues
Arno Schmidt: Die Umsiedler
Peter Sloterdijk: Im selben Boot
– Falls Europa erwacht
Mario Vargas Llosa: Geheime Geschichte eines Romans

Suhrkamp Verlag

i Der frühreife Mond schob, rachitisch krumm, übern Bahndamm; einmal wieder Fleisch satt. Büsche noch mit etwas frischem Regen verziert; und wieder anfang könn zu rauchen. Eine fette Wolkennutte räkelte graue Schultern hinter den Abendwäldern; Makkaroni und die harte Ecke Schweizer reingerieben. Zwei Windsbräute rannten auf mich zu, mit zarten staubigen Mähnen, durchsichtigen gelben Leibern; irrten verlegen näher, rafften bebend die Schleppe, drehten sich und seufzten entzückend (dann kam aber schon das Lieferauto von Trempenau, und sie mußten hinterher, gezogen, mit langem mänadisch durchgebogenem Kreuz: Eener mit'm Auto hat immer mehr Chancen!)

Die gesunkene Sonne hinterließ noch lange das Rot von Löschpapier, in das von oben her Tinten der Nacht einsickerten. Regen floß dann schräg um die knochigen Bäume; Wind gab krummen Flüchtlingen Püffe in Haar und Augen, mach daß Du weiterkommst, die Wetterhähne schackerten auf den Firsten. Graue Siedlung mit Schiefer gedeckt; zum teufelsten Male die Ronde um Benefeld, immer außen rum. Im kahlen Himmel hallte der Wind sehr; Radio entwalzte lang allen öden Dachluken: da saßen sie mit wütenden Gesichtsscheiben bei 25 Watt; meine lehmigen Füße trieben mich im Wegerinnsal, bis' Herz abgewetzt war wie der Mantel, Salat, Salat. Kein Lastenausgleich, Hausratshilfe, Aufwertung der Ostsparkonten (Fluch den Ministern!). Die Sterne erschienen wie Diebe in Regenmänteln, in schleichenden Wolkengassen. Aber dafür drei Mann in jeder Stube; aber dafür Wiederaufrüstung he: was müssen das für Ochsen sein, die sich den Fleischer zum König wählen! Der schwarze Wind gebärdete sich wie ein Rasender, rempelte und schrie; den nächsten Zweig hieb er mir durch die Stirn, pfiff einem Kumpel und spuckte Regen: der kam johlend von hinten, trieb mir den Hut hoch und würgte am Schal. Aber dafür klappt die Umsiedlung immer nicht: in jedem Beruf ist ein Mensch mit 65 ausrangiert; aber der Staatsmann, Senilissimus, wird scheinbar erst mit 75 so recht reif, eiskalt, total unmenschlich, greisig gräulich griesgram Gräber grimmig. Drei graue Fledermenschen kreuzten mich in langen taumelnden Umhängen, und schon erschien der schwarze Dachkeil des Niedersachsenbauern: Niemand, der nicht Landwirt war, hat ein Recht von den Schrecken des Krieges zu reden: die ewigen Kontrollen, mein Lieber! Daß Euch der Kriwitz! Eine magere Silbereule hängt reglos im Kiefernwebicht; am Teich: wegelagern Baumkerle in Nebellumpen, Arme wie Keulen, knotig drüber gehalten. Drinnen der Tischfluch über die Sirupschnitte; verschimmelte Wände, wer kann das Loch erheizen; hinein in Wetzels Belphegor (gottlob war Beier noch nicht da); und dies ist das sogenannte Existieren, was wir jetzt tun. (Die Windschlägerei tobte draußen immer noch fort.)

ii So mißfällig betrachtete er die dritte Kiste, daß sich sein Gesicht zusammenrollte; dann wies er Müller mit der Schulter an: »Holz ....?« »kopf.« antwortete Jener düster und wölbte auch den Rücken: »Holz? .... kopf!«, bis das Getüm in der Ecke lastete. »Das Bett erst!« und Kreisflüchtlingsbetreuer Schulz mahnte von unten in alle roten Güterwagen: »Immer bis obenhin laden. – Ganz dicht.« Auch zu uns: »Immer bis oben hin!«. An seiner Schulter sprach Lepke sorgfältig: »Holz–« und Müller gramvoll: »kopf«. Selbst der Wind war viel zu kalt, letzten Endes doch wohl nur n richtiger Ausfeger, Rausschmeißer, und dann hob sich Schulz auf die Zehen, sah in die Liste, und schrieb mit Kreide an unseren Wagen ALZEY.

Eine Kiste (ohne Deckel) kaufte ich vom Lepke, die andere brachte Vehlow gratis aus der Waldorfschule mit. Erst die Bücher, das war wie Baukasten spielen. In die lange kamen unten Zeitungen rein, und dann das bissel Anzuziehen – Quatsch! die Zeltbahn muß natürlich zu unterst; also: Alles nochmal raus. Holzwolle in und um die zwei Tassen, die wiederum in den großen Topf; der Pokal hatte sein extra Kistchen, und da gingen die Likörgläser noch in die Ecken. Beschriften soll mans auch, so malte ich handlang mit Ausziehtusche und trugs vorschriftsmäßig in die Transportlisten ein, dreifach. Abschied nahm ich nachts um Zwölf, da sah ich die albernen Gesichter wenigstens nicht mehr. Intensiver Dorfbummel, for the last time once more, nur selten gab ein Haus noch Licht, um Euch wein ich keine Träne: hatten die ‹Deutschen Rechtsparteien› nicht schon beim ersten schüchternen Anlauf wieder 24% aller Stimmen ‹auf sich vereinigt›?! Wind pfiff auf meinem Ohr und fummelte eilig am Mantel; da wußte ich schon, ich sollte noch einmal mit, auch der spitze Stern zeigte marsch in die Wälder. Die Haidestraßen lagen um Mitternacht schön leer: weicher graupolierter Asphalt, oben der Lichtteich im rauhen Wolkenmoor, die Bö schob mich an und ich fror mich glücklich, floß über Straßen, rann in verschlagenere Wege, ein fernes Motorrad stürzte plärrend seinem Lichtfleck nach, Wasser lallte drude unter meinem Sprung und füllte mir den Schuh mit schläfrig eiskalter Liebkosung; und der Chauffeur lachte nur, als wir morgens die paar Kisten auf den LKW schoben (hier fielen die Bettbretter das erste Mal auseinander, und ich mußte rostigen Draht am spöttischen Hang suchen). (Vorsichtshalber noch mal austreten, und mein Wässerlein ringelnatterte unters Blaubeerkraut; verrückte biologische Welt!) Sie kriegten jeder die Zigarette, denn Müller und Lepke fuhren ohnehin zum Stempeln nach Fallingbostel; ich dachte nochmals den Abschiedsfluch hausum, so, und nun fahr zu, Schwager! Die niedersächsische Sonne strahlte aus dem windigen blitzblauen Novemberhimmel; auch sie war froh, daß wieder ein paar Flüchtlinge weniger wurden. Manche standen schon und kanteten Schränke hinein, Andre kamen angeknattert, der mit Anhänger, Einer hatte sogar zwei lebende Ziegen im Lattenverschlag. Der Kreisflüchtlingsbetreuer lotste uns zum G-Wagen; wir stapelten mein Gelumpe flink in der Ecke hoch: Wiedersehn, Herr Müller: noch aus der Kurve winkten sie bieder, eine Hand krampfhaft am Seitenbrett. Ein sauberer Kleinlaster schnürte heran (.....) ich verhielt meinen Absprung noch (.....) kurvte arg elegant, und die zähe Mädchenstimme fragte: »Also hier rein!«. Sie gefiel mir so, daß ich spontan zugriff, und mit dem Fahrer, o Du Menjoubärtchen, ihr Zeug hochholte: viele feste Kisten (»Vorsicht: da's Radio drin!«), Schränke Tische Stühle mit umwickelten Beinen, und sie lächelte sehr zu meinem Lohn.

iii Die Sonne strich ihr über den karierten Rock (dahinter: schwerer Reif im Blaubeerkraut, und gefrorener gelber Sand, den man bestimmt noch leicht zerbröckeln könnte). Zwischen Koffern: »Gehn wir zur Börse?«. Ein Staubkerl erhob sich mittelgroß, walzte breit auf der Straße heran, überrannte uns schmale Rücken. Züge erschienen ernst, hielten, luden Hastige aus und ein, rauchten, schlängelten langsamschnell davon, Blauwölkchen flogen hurtig über sonnigen Gleisen: öde. Augen wie helles Vogelgeschrei. »Gehen wir?« Jetzt waren sie gekonnt erstaunt unter der entspannten Stirn. – »Ja bitte!«

Ihr Koffer war toll schwer; aber nun mußte sie, die Hände im Mantel, nur eine breite moderne Jagdtasche über der subtilen Schulter, langsam neben mir her bummeln (auch unsere Möbel standen oben listig eng aneinander geräumt!). Zwei Gastzimmer der Börse; erst halb voll; vorm Fenster lockte ein winziger Rundtisch. Ich schob die Schuhspitze an den Rand des nächsten Sonnenflecks und bat: »Sind Sie auch allein?!« Sie überlegte, gerade so wie man soll; dann wiegte sich ziervoll der Lippenkelch: »M-m.« Sah anerkennend zu, wie ich die zwei Stühle belegte, und mit den Koffern unsere Weltecke verschanzte. Ein bißchen sitzen. »Katrin,« deklamierte sie düster: »und eine arme Witwe.« (Der Mann 44 nach halbjähriger Ehe gefallen; und sie ist auch nicht katholisch.) Sie aß dann zwei schicke Brötchen Wurst und dicken Edamer mit feuerrotem Wachsrand, trank lehmigen Thermoskaffee. Am langen Rechteck nebenan zog eine Großfamilie ein: Vater, Mutter, sechs erwachsene Söhn' und Töchter; drüben beim Ofen possessiv lärmend Borck mit seiner Högfeldtserie von Zwölfen, kam klein und bucklig an und plärrte mit den Hauerzähnen. »Kenn Sie den?« fragte Katrin draußen, als wir ein Stück haidwärts zogen. »Ich war Dolmetscher an der Hilfspolizeischule, und er Kammerverwalter«. »Und jetzt übersetzen Sie Bücher.« Die Sonne kam wieder den Weg entlang, Schatten entwischten auf Feldern, die Forste hallten noch mehr von Wind. Ich breitete meinen Soldatenmantel, Sir Walter Raleigh, über den Baumstumpf, und die Queen nahm Platz. Besah den Atlas, Marburg, Westerburg, Alzey, weiter. Unvermittelt: »Sie frieren nicht!« Schwarze Stimme, Gesicht hunnischblaß, Herzjägerin der Lüneburger Haide, sauvage et non convertie, mit Brauenpeitsche und Bogenmund. Wind überfuhr uns mit sausenden Glaslasten, Zweige schlugen zarte knöcherne Wirbel, im Gras raschelte sichs zu. Die Beute neben sich, erlegt im Kraut. Ihre gelben Hände flimmerten ums eckige Buch, die breite graue Riemensandale hob manchmal sacht die Spitze und klopfte buschmännige Zeichen. O Rock und Bluse! Katrin lächelte listig und faul, an mir vorüber, abwesend, durch mich hindurch, für mich, über mich hinweg. O Rock. Blauweiß das Himmelsschachbrett mit Wipfeln bewegt. Und Bluse.

iv Himmel schon rotblau gestreift wie ein Fuhrmannskittel, und der Wind blies uns so kalten Staub auf die Backen, daß Katrin energisch: »Ach du Donau!« zu ihm sagte; trotzdem besahen wir diesen letzten Abend, bis er wüstenrot wurde, ganz leer, und überhaupt übertrieben. Dann gingen wir hintereinander durch den steinernen Flur wieder in die große Gaststube, wo es schrecklich von Kindern schwärmte, gehenkte Mäntel ringsum; und Stimmengulasch in gelber Lichtsoße. »Wollen wir auch was essen!«; ich sah indessen ergeben durch die Scheiben auf die eckige Nacht: also hat der rotierende Gott die Welt geliebet; tja. (Brause 30, Brühe 30, Kaffee 50).

Wulstiges Gelächter; »Äin Äi« (das ist natürlich Borck); die hagere Frau gürtet eine Schürze um und macht Schnitten für viele Kinder: die fuhren aufeinander im Saale umher und zwitscherten sich atemlos; (Eins wunderte sich gelehrt überm Atlas, wie die Länder so komische Namen hätten: ‹Eng›, ‹Nieder›, dann gar ‹Ruß›); junger Mann mit schielgelbem Mädchen, samtig grundloses Slawengesicht: natürlich: auch aus dem Kinderwagen schielte's schon sanft und versoffen; uns gegenüber der alte Mann in feierlich dunkelgestreifter Hose, seine seidengraue Fünfzigerin: würdig weidete ein Cyklopenpaar unter Rosen (?). Dem Wirt war es anscheinend ungewohnt still; er griff nur einmal nach dem Knopf hinter sich: »knack am Fänstör – des Panazzo – fallän dunkäll – note Nosön« jauchzte es geschmeidig, Geigen pfiffen sich bogig immer höher, und die Yahoos feixten und bliesen moorigen Nebel aus den Backentaschen. Viele Rentenempfänger. »Die haben sich möglichst Solche ausgesucht, die keine Arbeit wegnehmen,« flüsterte die aufmerksamere Katrin. »Warum haben Sie sich eigentlich gemeldet?«. »Och,« sagte sie (nur widerwillig noch mal dran denkend): »ich war bei einem scheußlichen alten Weib zur Untermiete, so eine ‹vornehme› Greisin, mit ner total bekloppten Tochter. Sie schwärmte immer noch von ‹unserem herrlichen Bismarck›, und wollte für jede Tracht Wasser 2 Pfennig und n Psalm –« sie raffte zierlich Mund und Nase, als sie über die bösen Erinnerungen hinweg mußte: »und Sie?« »Ungefähr dasselbe: n verschimmelter Keller zu Zweit – mitm Kolonialwarenhändler zusammen –« beeilte ich mich hinzu zu setzen, als ich sah, daß die Augen zu knistern anfingen (war aber tatsächlich so gewesen!), »Der wollte jetzt noch heiraten, und für Drei – bzw. Vier, Fünf, i. i. – war s ja nu wirklich zu eng. – Da hab ich mich als gentleman eben weggemeldet.« Mitten hinein kam Flüchtlingsbetreuer Schulz, ganz Tatkraft und Breecheshose, mit zwei Mann Gefolge: »Ich verlese jetzt die Listen«, begann er so angespannt und hinterhältig, und griff nach dem Einen, als stünde der Faustmonolog bevor. Tat's sogar zweimal, damit es spannender würde. Bei ‹Katharina Loeben› hob sie jedesmal 3 Finger und sah sich aufmerksam und vergnügt um (»Eine kleine Reise möcht ich machen mitdir«: um 4 morgen früh solls losgehen, d. h. also wenn wir Glück haben um 6!). Kurz draußen: Mond schob sich steif und generalobersten durch die Reihen erbleichender Sternmannschaften; der Wind murmelte und experimentierte mit Allerleigewölk; eine Lokomotive bummelte gleichmütig um den Bahnhof und pfiff sich eins: ist Alles ‹Medizin›. »Und Sie legen sich jetzt hin,« bestimmte ich, »und nehmen meinen Mantel dazu. – Ich bleib wach und paß auf.« »Ich hab doch Decken –« tat sie erstaunt. »Dann nehmen Sie ihn untern Kopf. – Ich wollte wenigstens ein Andenken haben. – Bitte.« »Und Sie sitzen dann da und frieren,« sagte sie wild und glücklich und stolz, stand auf, gähnte diskret mit den Schultern, und ich machte indessen auf dem Fußboden unterm Fenster das Lager zurecht. (Oben das Silberhermelin schlüpfte glatt durch Wolkenfugen, gierig, immer dem zitternden Blaustern nach).

v Ein Frierender, der sich mit beiden Händen zudeckt; auf dem Fußboden der Frauenkopf in schwarzen Mänteln; traurige Einzelflamme im Ofeneck, groß und rotlockig. »Einbier« für den krätzigen Markschein und er schiebt mir noch gelbe gepreßte Groschen: wohin gehts denn? Weiß nicht. Draußen: hohlgeschliffener Mond liegt auf dunklem Samtkissen, Teil vo'm gefährlichen Besteck. Stehen mit ödem Kopf oder meinswegen auch zehn Schritte weiter. Mond Licht; Kiefer Leuchter; Nachtwolke Dach: leben wir nicht hoch?

Die letzte Schlesierecke geht schlafen (»Legt Euch ock hin. / Och, a schimpft sich Inspeckter. / Ob a so heeßt, weeß ich nich; jedenfalls unterschreibt a sich immer so.«). Der Hirnverletzte, und besoffen dazu, faselte geil (oder wie der alte Gessner sagen würde: über die Maßen vnkeusch): na, der hat n Paragraph 52, also nicht aufregen, geistig befindet man sich ja ohnehin lebenslänglich in Einzelhaft. Ich kannte mal Einen, wenn den der Ekel packte, ging er auf den Hausboden, und schlug dort ne halbe Stunde lang Nägel in ein Brett, grade und krumm, wies kam, in finsterer Kurzweil. Und war ihm dann leichter? Leerer, ja. Und s ging wieder n paar Wochen. Was war für mich an der Tages-(genauer Nacht-) ordnung? Der Schluck aus der Feldflasche: der Kaffee war nach Farbe und Geschmack, als sei er unmittelbar aus dem Acheron geschöpft. (Armut der Sprache: Einer der nichts hört, heißt ‹taub›; wenn er nichts sieht ‹blind›. Wie aber ist er zu nennen, wenn er nichts riecht? Vielleicht ‹glücklich› schlug ich mir denkfaul vor: auf jeden Fall, was? Und wenn er nichts schmeckt, und ich blickte angewiderter in das schraubige Aluminiumloch). Mond, Horcher an der Wolkenwand, schob den kahlen leprösen Schädel, mit bläulichen Lumpen verwickelt, ins Fenster über Katrin; großporig, zerbuhlt, bistDuschonaufgeklärt, frech wie Weisheit. Leise das Schenkenradio mit »Variationen über La Paloma«: die bestanden darin, daß sie das Ding abwechselnd eine Oktave höher oder tiefer und zuletzt so stotternd schnell spielten, daß man vollkommen zappelig dabei wurde. Dann lobte ein gemischtes Doppel die Kadum-Lanolinseife derart blödsinnig, daß ich doch wieder ungeduldig nach der nächsten weißen Taube verlangte, die denn auch, NWDRhaft rasch, nicht lange auf sich warten ließ: und die halten sich nun für den kulturellen Feldherrnhügel unserer Zeit! Da sei Gott vor und unsre Liebe Frau von Guadaloupe! Die alte Pelzmütze schnarchte wie ein Reißverschluß, den man pfeifend auf und langsam wieder zu zieht. (Ein moderner Totentanz: als Autobusschauffeur; als Diplomchemiker; als Kanzler; als Bobschlittenlenker; als Flüchtlingsbetreuer.) Schlaflose Glühbirne auf dem Flur; Nachrichten flüstern aus schräger Tür. Draußen: Himmel mit den Sternzinken der Astronomen beschrieben; auch der Mond lungerte noch immer durch die Nacht; (zwischen hünenhaften Wolken; und da griff ich mich wieder durch die dicke teerige Luft).

vi Es gab einen furchtbaren Ruck, Funkiges fuhr seidenrot vorbei, und wir rollten wieder ein Stückchen. Das Licht hieb mit geschliffenen Äxten durchs Abteil, zackige Schwerterbündel rannten an uns hoch, noch floß Jedem die große Messingsäge durchs Gesicht; es sauste unaufhörlich, und wir saßen wie in einer dunklen spitzigen Zaubermuschel. Einander. Im bauchigen Talkessel wallte Nebel; dicke Weidenköpfe erröteten. Neben mir knarrte das dicke Mannsvieh wieder im Dreiviertelschlaf, sein dicker Schenkel schwankte und zuckte, und ich war froh, daß nur ich neben ihm saß. Katrin lachte übernächtigt, blies aber vergnügt in ihre kleine Mundharmonika »Lieb Heimatland, Adé«, mit aigu.

Breites Morgenrauh war mit flacher Mondnadel an die fliehende Nacht geheftet. Dann: Himmel rotgeätzt mit Strichwolken; ihr Gesicht wurde auch ganz rot und gelb; wir lachten uns an, und peinigten unsre gefühllosen Hände. Ich grub das Buch aus der Tasche: »... Er brachte sie, auf einer Silberwolke, / auf eine Insel, die, dem Blick der Schiffer / verborgen, unter ewgen Wolken ruht.« »– schön –« dehnte sie, und lehnte sich fester an unsere rumpelnde Dreckwolke. »... Du bist dieselbige, / nach der ich oft in Mitternächten weinte! / Bei Deinem Anblick schwiegen alle Wünsche, / aus Deinen Blicken strömten Ruh und Wollust.« (Wieland: Wollust: ja.) »Ähä,« machte sie betroffen. Das Sonnenfeuer fraß sich höher in den strohigen Morgen; der graue Hagemond verschwand in irgend ein Moor: farewell Niedersachsen: bist selber schuld, warum hab ich nichts bei Dir gegolten! Katrin brachte wieder die Wärmflasche mit dem Rotenkreuzkaffee heraus, und wir aßen Jeder eine der gutgemeinten Honigschnitten. Die alte Frau erzählte im Abteil: »Ich will ja bloß ne Kirche am Ort haben, daß ich wieder jeden Morgen die heilje Messe hören kann,« und sah sich heiligmäßig um, weiße Härchen wie Nebelbausche in den Ohren.

Na ja, »Wie spät wird sein?«. »No –« schätzte ich, »5 Uhr 52 Abfahrt – Eickeloh – Schwarmstedt – Burgwedel – no: Neune?« Die Leine schlängelte sich um muskulöse Hügel; nebenan spielte Einer auf der uralten amerikanischen Patentzither mit unterschiebbarem punktiertem Blatt (ach, ich weeß nich, irgend was Muthaftes, und endete verdächtig nach ODeutschlandhochinEhren). Ein schlesischer Schuster aus Volkersdorf kannte Katrins Greiffenberg: »Na nu!« Und die Namen purzelten: Prenzelpark, Kienberg, Stausee, Munko-Müller, »Rietcher ei a Sechshäusern«; und sie wandte sich zu mir und erklärte es atemlos: das Haus in der Gerberstraße. »Tanzpuppen hab ich mir immer gemacht,« sie beschrieb die Pappgestaltchen genau, man zog am Bindfaden und das Kerlchen verdrehte scharmant Hände und Füße. Ich vergalts und erwähnte die Streichholzschachteln, die ich als Kind immer wieder gepackt hatte: mit winzigem Schreibgerät, schmalgeschnitzten Bleistiftendchen, kurz geschäftete Stahlfeder, auch Papierstöße von Schachtelformat, dazu Nadel und Faden, eine gefaltete Weltkarte in Mercatorprojektion. (Schon damals ahnte ich das Fragwürdige allen Besitzes, der sich nicht in ne Streichholzschachtel packen läßt!). Auch der zithernde Tischler begann jetzt religiös von Loretto zu schwärmen, und ich notierte mir zum Nachdenken ‹Sollen Zimmerleute an Gott glauben?›. Ich jedenfalls würde einen vorziehen, der zum Dachstuhl solcher Hypothesen nicht bedarf.

vii My godfather der Gestank! Von den drei Türen fehlte eine ganz; Urin schlappte gelb auf allenallen Fliesen; braune Haufen gedreht wie Seile, fladenschmier oder teokallisch gestuft; brühige Wische, wahnsinnig getränkt, Hilfe, Licht aus buchgroßen Dreckscheiben. Ich zog mir flüsternd balancierend vor Ekel die Hosen herunter, bloß raus, und breitbeinig, noch Papier unterm Kinn zur narbigen Steinschwelle. Wind fuhrwerkte eisern und überall ruckten Züge. Erschöpft. Eselgrau paßten die Bahnsteige unter ihr mageres Gedach bis dicht an die faden Mietshäuser: das also ist der Göttinger Hauptbahnhof.

Ausgerechnet beim Essen – Erbssuppe mit einem schlanken sehnigen indianerroten Würstchen – kam die Ansage, daß jetzt umgestiegen werden müsse: Alzey nach hinten, Westerburg vorn. Da wir natürlich vorn waren, verbrühten und beschmierten wir uns noch rasch, und tobten dann mit dem Gepäck weit, weit nach hinten – – ein möglichst leeres – –: hier! das junge Mädchen zeigte ein so böses Gesicht, als könne sie vor Gedränge kaum noch stehen; ich knackte die Tür, und richtig: sie war allein mit ihrer Mutter, beide braun und wollig (»handgestrickt« hauchte Katrin fachfraulich). Nach einer Minute war sie schon mit Beiden im Gespräch, Weber hießen sie, der Mann kam auch bald aus dem klobigen Wind; bei Aufzählung ihrer Möbel war das Hauptstück »der handgeschmiedete Kleiderständer«: »Ich bin Schmiedemeister.« sagte er vertrauensvoll, »n schönes Haus wars: zweistöckig. Und Landwirtschaft dabei. Fümfundvirzich sind ma rausgemacht, wie da Russe kam, nach Thüringen. Und in Hannover ha-ich dann in da Maschinenfabrick gearbeit. Aber wir hatten bloß eene Stube und Kammer, und s Dämchen iss doch nu groß.« Wir nickten: im Bilde! »Wir wollen uns verbessern«. »Verbessern tut man sich nie.« entschied ich kopfschüttelnd aus dem umzugsreichen Erfahrungsschatz eines langen und übel angewandten Lebens – ein Blick auf Katrin: »Vor Allem, wenn der Anfang so unheimlich gut ist.« Sie suchte in ihrer Handtasche vor Befriedigung. (Dann ging ich, wie gesagt, nach einem Klo, und klomm über Zementbänder und schwarze Eisensehnen wieder hoch). Die Regin schluchzte untröstlich und schlug ihr Silberhaar über die Scheiben; die Dämmerung im Abteil wurde tiefer, und wir buchstabierten schon abwesend an den Reklamen; Wind fluchte abgebrochen; man rangierte uns hin, her. »Ja, s sind gute Leute.« (waren mal allein), aber: »hat schon mal Einer von ihnen bei Ludwig Tieck geheult vor so viel Schönheit? Oder sich von Hoffmann adoptieren lassen?« Ich mußte erst erklären, was ich wollte; die Akkuwagen der Bahnpost drüben summten aus einem Lichttrichter in den anderen; ein Zug englischer Halbkettenfahrzeuge harrte stumpf wie wir; mit Soldaten und Flüchtlingen können sie Alles machen! Einmal erzählte Weber, wie sie mit ihrem Auto (aha, das sollte also erwähnt werden!) an einen Baum gefahren seien, und sein breiter Kopf wandte sich langsam hin und rüber. »Ist dem Baum was passiert?« fragte ich mechanisch, und sie lachten und hielten's für n Witz. Nebenan döste ein spätes Mädchen, vor dem Webers schon einmal geflohen waren: »Bloß gut, daß Sie hier sind,« vertrauten sie uns an, und wir wurden allmählich intimer, as far as it goes. Dann kam endlich der hölzerne Knuff in den Rücken, Jeder sah hoch, ob die Koffer fielen, und ich schloß für eine Viertelstunde die Augen. Dann war die Stadt weg; viel Getümmel der Luft, nasse Lichter reisten an den Horizonten; Schattenpferde, jagten die Bäume nach hinten; die Scheibe der Dämmerung beschlug noch grauer. Jede Station henkerte uns mit Bogenlampen, hackte Hände ab, sargte die gestreiften Rümpfe hastig in zu kurze Lichtbretter; so also sah Katrin ohne Kopf aus.

viii Rücken wie Holz, und Nacht im Großbahnhof, öde und lichtgerändert; Gütermanns Nähseide prahlte über Mauerflecken; die gelbste Bogenlampe sprengte schräg unser Abteil. Houh sang die Lok in die getigerte Nacht, daß Katrin biegsamte, und der alte Schmied murkste. Ein Mensch schlug verzweifelt mit dem Hammer ans Rad unter uns und schrie eintönig »ä-ie!« Tiefer drang der Lichtkegel in die weichenden Bänke, zwischen meine Beine, fegte hoch an der vernutzten Wand durchs Packnetzgitter. In der folgenden Schwärze schlug Katrin die Zähne in meinen Mund; der Zug stöhnte und toste nachtblind um uns.

Im Nebenabteil lag die Ältliche schon unter ihrem verblühten Kleid; da gingen Mutter und Tochter auch hinüber. Katrin hatte drei Decken (eine stumm für mich), ich legte ihr die Unterlage faltenlos glatt, dann das Mantelmädchen drauf, und die letzte lange über Füße und Schultern gestrichen: »Liegen Sie gut?«. Also rechts oben Katrin; hinten im Rücken der Schmiedemeister. »Darf ich Ihnen noch etwas geben?« Zwei dunkle Augenweiher, starres Wimpernschilf; ich atmete einmal zitternd ein, und von Norden her zog sichs silbern, Lider überfroren die runden Spiegel. Der ungebärdige Boden stieß mich überall; die Florlampe schimmerte schwarz; die Tochter tastete noch einmal vorbei ins nackte Klo und blieb lange. Die Türen meuterten in den Rahmen, Lichtbälle trafen klein und irrsinnig, der Schmied trat und fluchte sogleich im schweren Handwerkstraum. Aus den Teichen schmolz das Eis; ich stützte mich schnell auf den Arm und unsere Gesichter flüsterten sehr dichte Worte. »Wie die Alle schlafen können,« staunte sie vorsichtig, »ich war schon als kleines Mädel son unruhiger Geist, mein Großvater war Schuster, und die alten Leute arbeiteten ja furchtbar lange, da lag ich immer nachts wach und hörte dem Pochen zu,« ihr Mund tappte süß und einförmig durch die Erinnerungen, über mich, auf weichen

Lippenschuhen, roten Samtpantoffeln: da nähte eine Großmutter für die Schürzenfabrik; Pfarrer Hein auf dem Fahrrade mit anstößig wehendem Talar; einmal wäre sie fast über die Queislehne in Wiesa gerollt, und ich hielt noch heut unwillig an den Händen fest. »Ich? Ich brauch der ihre Bettelei gar nich!« versetzte sie abschätzig: »Ich krieg doch meine Rente: 180 Mark!«. »So viel?« fragte ich erstaunt, »ich denke, n gefallener Mann wird vom Staat bloß auf 60 geschätzt?«. »Das schon,« antwortete sie abgekühlt, »und meiner war nich mal so viel wert: stellen' sich vor: im Kriege geheiratet, 8 Tage für uns; und als er das erste Mal nachm halben Jahr auf Urlaub kam, erwischten wir ihn schon am dritten Tag mit der Nachbarin, seine Mutter und ich!«, sie entzog mir knapp die Hände, bog die Schultern um, und drehte sich auf den Rücken. Da kann man sich nur hinlegen und auch schlafen. Der große Knochige hatte den roten Schal und ne Tommybluse um und sagte laut: »Von der Regierung helfen sie uns nicht, da wollen wir selber lostrecken.« Und wir beluden wieder die Wagen und flossen über alle Straßen; der Wind schlug unsere Dekkenmäntel zu Falten; die Eimer klappten hinten um die entzündeten Schlußlichter. Oben auf einem saß katrindünn eine Frau, das verdorrte Kind im amputierten Arm, und blies ein gefährliches Lied auf der Maultrommel, daß die fetten Einheimischen in ihren Bauernschaften erschraken und wispernd nach Polizeien fernsprachen. Am Abend verteilte der Anführer lauter Streichhölzer, und vom vielarmigen Wegweiser schlichen wir in alle diese Richtungen. – Gegen Morgen wurde unsere Fahrt reißender. Kiefernkrüppel tauchten aus weißen Mooren; Pfützen rannten auf Schlangenwegen vorbei; viele Birken schwebten hinten durch die Haide. Am Kreuzweg hielt ein Fremder mit beiden Handschuhen sein starres Rad; reifige Plankenzäune galoppierten noch einmal ein Stück mit; dann riefen die Wälder wieder Amok über uns.

ix »Sieh mal: die Andern rasieren sich schon Alle!«. »Magst Du denn nun auch ganz bestimmt keinen Mann mit Vollbart?« – sie krauste das Kinn vor Abscheu, und ich stöhnte noch ein bißchen, ging aber dann doch zu der Schlange am Wasserhahn. »Mit Kaltem!«; so mächtiger Vorwurf war darin, daß sie mich erschreckt streichelte (bis sie der Bühnensprache gewohnt wurde). »Du, was iss das da drüben?!« Ich drehte entrüstet den soaphead und beschwerte mich durch die Nase: also entweder rasieren, Du Ding, oder den Ehrenbreitstein erklären, wähle! Als ich mich abtrocknete, stand drüben die ruinierte Häuserreihe; der Flüchtling fütterte seine Ziege; und hinten kamen sie vom Roten Kreuz mit Nudeln und Pferdefleisch (aber mehr Eingeweide und Knorpel!)

Ich lehnte ohne Zaudern ab, weil es keinen Sinn hätte, aber Webers wollten nichts verpassen; so gaben wir ihnen denn unsere Frühstücksmarken zum Mitbringen und hüteten dafür das Gepäck. (6) zeigte die Limburger Bahnhofsuhr, als wir für die halbe Stunde aufs Nebengleis geschoben wurden: da waren wir ganz allein in der alten hölzernen Laube und flüsterten und tasteten. Wind hatte auch Sterne frei gescharrt, und wir sahen eine ganze Weile zu, wie Webers das Abteil suchten (»Die Blindesten aber sind Göttersöhne!« zitierte ich Hölderlin, Vogel der morgens sang, und reichte Katrin als Beleg meine starken Minuszylinder hin: also! »O da kriegt man ja Kopfschmerzen!« sagte sie abwehrend: »so schlecht siehst Du?!«). Die Kinder enterten natürlich den noch rollenden Zug, der Fahrdienstleiter kreischte, Eltern galoppierten; wie immer passierte den lieben Engelchen nichts, aber die Erwachsenen brachen sich halb die Beine in Kaisersprüngen. Na, und der Kakao: wer hatte Recht?! »Sieht nach Regen aus«, sagte Old Weber, behaglich die Hände ums wärmende Kaffeegeschirr; ich überließ Katrin das nun unvermeidlich gewordene »Schmeckt auch so«, und sah aus dem Fenster ins vorbeirinnende Lahntal: grauseidene Hügel, und es regnete nicht, und der Strom schoß wiegend mit uns um die Kurven. (Amüsanter Einfall: wenn sich im Lauf der Jahrtausende auch der Brechungswinkel des Lichtes von Luft in Wasser änderte? Ebenso wie die Schiefe der Ekliptik: ändern ja auch Tiere und Pflanzen ab! Die Luft entweicht ja auch bekanntlich langsam, und wird also immer dünner: ergo ändert sich mit der Dichte des brechenden Mediums auch der zitierte Winkel!! Ich finde Niemanden, der so häufig recht hätte, wie ich!). »Machs Fenster ganz hoch.« sagte Katrin und nieste befehlend; noch einmal (genau wies Vater Aristoteles will: für jedes Nasenloch!); nanu: noch einmal, und das sah tatsächlich so reizend aus, daß ich sehr zu ihrem Ärger fast bis Koblenz davon schwärmte. Ja, das ist der Rhein: drüben floß langsam die Mosel aus schöneren Talgewinden herbei; ich mußte von jeder Burgruine den Namen rausrücken, und log Stammessagen dazu, daß mich ein Genealogist umarmt hätte (immerhin; ob es bis Bingen reichen würde, war bei so viel unverbrauchter Aufnahmefähigkeit und dreckigen Mauerresten ungewiß). Vom linken Rheinufer her sah Deutschland recht ungewohnt aus (was das Kartenbild ausmacht!); man gehörte irgendwie »zum Westen«. Es war aber doch ausgesprochen kalt so zwischen Stromduft und Unausgeschlafenheit, und das Rasieren eine große Plage. Wir hielten und hielten; die Weberfrauen zogen unerschütterlich wieder die Riesennadeln und Wolle hervor und begannen maschinen zu stricken, zwei links, zwei rechts, und davon würden die Pullover dann Raupenmuster bekommen, erklärte Katrin vergnügt.

x Der lange gerunzelte Strom, hohl und schmutzig, schwang sich faul an uns entlang; überschwemmte Werder; trauernde Gruppen von Bäumen; saure Häuserfronten wie »Lorelei«, als sei eben ein Auto davor weggefahren; Anleger und schwarzer Schlepper Gestank; schraffiert vom Nieselregen (auch der Güterzug auf der andern Rheinseite: »Wenn er 60 Wagen hat, geht Alles gut!« – – – : »58 – ?«. Sie strahlte dennoch herum: »Also: Kleine Schwierigkeiten.« Augenbannung, Lippenhexe, Kinnzauber, Beinbeschwörung, Katrin la sorcière. Ihre Finger tanzten vor Vergnügen um die Handtasche auf ihrem Schoß und schnippten mir's zu). Die Weinberge sahen trostlos aus, wie ihr Kartenzeichen.

»Er schob nun einen Armsessel herbei und bat den Kurfürsten, in denselben sich zu setzen und unter keinerlei Umständen sich daraus zu erheben und kein Wort zu sprechen – sonst sehe er seinen sicheren Tod vor Augen. Der Kämmerier ward unter gleicher Verwarnung hinter den Stuhl gestellt. Darauf legte der Ungar um den Becher mit den Heidenköpfen einen Draht und führte diesen in den Schmelzofen. Demnächst zog er unter beständigem leisen Sprechen drei Kreise um den Kurfürsten und führte zuletzt von dem äußersten Kreise einen geraden Strich nach dem Schmelzofen. Die Lichter wurden in Gestalt eines Triangulums um den Teller gesetzt. Der Ungar kniete nun gerade vor dem Ofen nieder und fuhr fort leise zu beten (?). Von Zeit zu Zeit warf er aus einer neben ihm stehenden Büchse eine Species in die Flamme, worauf denn jedesmal ein gewaltiges Prasseln im Ofen entstand und die Glut aufs Äußerste zunahm. Das mochte eine Stunde gewährt haben und der Kämmerier sah, wie der vom Ofen zum Becher gehende Draht erglühte, auf dem Becher dicke Tropfen standen, inwendig aber es in den schönsten Farben blitzte und spielte, wie er es oftmals auf der Silberhütte gesehen. Allmählich gewahrte er ein Dehnen und Recken an dem Becher, der auseinander ging und an Höhe zunahm, wie auch die Heidenköpfe sichtlich zu wachsen schienen. Immer eifriger murmelte der Ungar und immer höher schwoll der Becher, bis er beinahe an die Decke mit den Rändern stieß. Da erscholl ein donnernder Knall und heraus sprangen die Heidenköpfe als Männer mit langen Mänteln und Bärten, gar schauerlich anzusehen. Sie schlossen einen Kreis um den Kurfürsten; einer der Männer fiel vor dem, der dem Kurfürsten zunächst stand, auf die Knie, zeigte auf den Kurfürsten und rief: Das ist der, der das Reich den Galliern zu überliefern begehrt! Darauf steckten die Männer die Köpfe zusammen, als gingen sie zu Rat. Zuletzt brachte der am entferntesten Stehende ein breites Schwert unter dem Mantel hervor und rief laut: Das schickt das Gesetz dem Verräter! Zugleich tat er einige Schritte vorwärts, als wollte er auf den Kurfürsten einhauen. Da rief dieser mit erstickter Stimme: Helf, helf, Michel – und sofort war Alles verschwunden ...« Sie nickte billigend; noch einmal: »und das ist alles auf dem Ehrenbreitstein passiert?!« Pfüüüüt: ein Tunnel (Schön!) Noch atemlos: »Und wann ist das gewesen?«. Auf soviel Wißbegier ohne Übergang war nun wieder ich nicht vorbereitet, sagte aber fest: »am zweiten Juni Sechzehnhundertzwounddreißig.«

xi Ein blaunasiger Bauer hockte plump vor seiner langen Weintonne, (Kühe mit leeren Mienen), aus der bei jedem Schritt die grüne Jauche algte. Ziegelgeschmier der Häuser, gobigelb, und wir so tief im Dreck, daß selbst der ihr steinerner Nepomuk mitfühlend am Rock raffte. Der Bach (natürlich begradigt!) welkte beamtenhaft durch die flache Brücke. »Na, s'iss auch grade wieder die schlechteste Jahreszeit,« watete die tapfere Stimme neben mir; aber wenn ich so die Flapsgesichter sah, den Misthaufenkult, und ihren ebenso sorgfältig geplätteten Wiesberg –. Der Himmel war grau gemasert, ein triefender Bettelsack, und wir Flüchtlinge trugen ihn auf den Schultern bis zum Römer.

Als wir dann bei Bingen vom Rhein abbogen, wurden Gesichter flach und lang wie die fruchtbare Öde ringsum; manchmal trieb der platte Erdenbauch bucklige Runddörfer, geduckt, dächerwarzig, krötig: hier also ist das Wort vom ‹platten Lande› entstanden. Zuerst wollten wir gar nicht aussteigen, als sie in Gau-Bockenheim am Zuge entlang schrien: ein zu einsamer Bahnhof; Nieselwetter, Niemandswetter; aber das Komitee stand schon zum Empfang. Ein Landrat, Einer vom Wohnungsamt, ein Bürgermeister, und die schillernden Wortblasen stiegen und platzten: »... meine Tür stets offen finden!« (das war der Landrat; zunächst stand nur seine PKWtür offen, er ringelte sich hinein: rrr rrr rrr: weg; hats geschafft); »... ä roin katolscher Oat; ... Alles gutt katolsche Leut ...« das kam zwischen dem Lodenmantel und Gemshütchen des Ortsbullen hervor, und wir drehten einmal kurz die Augenwinkel zueinander. Für die schwereren Koffer war der Ackerwagen hinterm Traktor da, Dieselgepoche: ein Schiff überquert den Atlantik in 12 Tagen, wie lange brauchen 4 Schiffe: lege ab. Dann begann der Einmarsch, 135 Köpfe, von der männlichen Jugend des Dorfes unaufgefordert geleitet. Die Straßen glitschten vor Dreck und Nässe; Häuser lehnten sich betroffen aneinander; eine Abendglocke: dabei wars gar nichts Beruhigendes, bloß blechernes Gehacktes und ein Trall nach dem andern fiel hier hin und dort. (Mein Vater war zweimal in seinem Leben in der Kirche: als er getauft wurde, und 1926 beim Platzregen). Hundekalt auch; Katrins freie Hand war weiß und blau wie Kartoffelblüten, die andere hielt mich brav am Arm: so soll man mich malen: ein Buch in der Hand, Katrin in der andern, und wir wollen nichts tun. Owehoweh die Misthaufen: »Es ist zwar wohl nicht mehr mit Sicherheit zu bestimmen, in welcher Gegend der Erde das Paradies gestanden hat, aber hier keck nicht.« »Kuck ma die Figuren an den Häusern«: jaja: in kleinen Nischen standen bunte Marien und Jesusse, Gips mit Ölfarbe: drei Mark pro Kitsch, blieben angeblich manchmal in Feuersbrünsten unversehrt, bedauerlicherweise. »Bäcker Bunn«, gelbliche Ziegel, aber ein beachtlicher Wetterhahn überm First: das erste Positivum. »Die Männer kommen bis Montag in den ‹Römer›; die Frauen in die ‹Krone›«; solche Lumpen! Na, Koffer und Aktentaschen flach hochgeschwungen (rasch die Koordinaten des Bettes einprägen; ah, Weber kam gleich drunter), und wieder zur Katrin, die tapfer und stolzäugig neben ihrem Kofferklumpen wartete. »Uns zu trennen!«, und ihr Gesicht war wie eine wilde weiße Blume über der purpurnen Tasche; der Mund zerfiel zu feuerfarbenen Flüchen, leisen. – ‹Krone›: »Eckbett, Du, ja? Am Fenster.« (da hat man nämlich wenigstens bloß auf einer Seite Nachbarn!). »Ich hol Dich gleich gleich ab« versprach sie.

> xii Willst Du leben, so dien; willst Du frei sein, so stirb! – »Deutschland wird in der Weltgeschichte einmal den Ruhm des Steines haben, über den Menschen mehrfach gestolpert sind«, entgegnete ich finster Dem, der mir die Stärke und Schönheit der kommenden neuen Wehrmacht pries, und wir drehten uns sofort die Hintern. War scheinbar sonst ein Tanzsaal gewesen mit der üblich neckischen Staffage: Niggerjersey kratzte sein Banjo vorm Bauch; überm ekstatisch trampelnden Gaucho steppte die Lassospirale; das lange Mädchen, alle Hände voll mit den eigenen Hüften, tänzelte über Miniaturhessen: der Fluß kam ihr genau raus. Das Grubenlicht an der Decke ließ zuerst kaum die Bettklüfte und Stollengänge erkennen.

Ich ging erst nochmal runter; auch der Mond hatte sich in den Hof verfahren und suchte mürrisch im Gerümpel. Kurz vor zwanzig Uhr kamen die Meisten wieder: Einwohner 1500; nur Landwirtschaft; Industrie keine. »Doch,« sagte ein Junger boshaft: »oben, bei der Kirche: ne Malzfabrik mit zehn Mann.« »In den Weinbergen giebts ganz schlechten Lohn: zwee Mark am Tage und ‹Haustrunk› frei.« – ? – Achselzucken: »So Wasser woll, mit m Schuß Wein drinne.« »Zwei Mark!«, und es schien wieder dunkler im Saale zu werden. »Von Rußland aus gesehen ist das Einkreisungspolitik. Abwürgen. Ganz klar!: Europa soll doch nur der Festlanddegen Amerikas sein, deswegen drücken die so. Nennt doch die Dinge beim richtchen Namen!« »Hastn Du soviel für de Russen übrich?!«. »Ich – nee!: aber für die Andern mitsammt unsrer Regierung ooch nich!«. Einer wollte schon heute, jetzt eben, der Dicken unten ‹das Kellerfenster eingestoßen› haben, man ließ ihn kaum zu Ende zeigen, ‹den Schritt geweitet›, der Beifall war fast zu groß: ihr denkt woll, weil wir bloß Flüchtlinge sind?! Weber saß bedrückt unten auf seinem Bett, als ich den Mantel überzog: »Schmiede hots schun Dreie« flüsterte er und suchte zu lächeln. »Lassen Se uns ersma essen gehen,« beruhigte ich ihn, und unten waren viele Damen. Das Gedam. Ich schritt in den Kreis der wartenden Schulkinder, welche führen sollten; die ängstliche Kleine las, kauderwelschte ein wenig, ging aber dann vor uns her: wieder der kleine Platz (ist doch wohl die city); eine breite Straße; vor einem dunklen gebogenen Gassenmund wies sie hinein: avi bnise gegole epetum (ein barbarischer Dialekt wieder!); na, auf dem Zettel stands ja auch, Beck, 224. Tappen auf bauernharten Steinschädeln; »Vorsicht ne Walze!«; der Mond hatte die alten Ackerwagen prall mit weißen Planen bespannt, Lichtballen lehnten überall, so daß wir in dem hellen Gewirr zuerst gar nicht die Hausnummer fanden. »Ist das auch Ihr Mann? Ihr richtiger Mann?«: ein mißtrauischer Frauenhaushalt, Viere, und ein kleiner Junge, Karl, Don Karlos. »Wir sind Verlobte«, sagte Katrin so stolz und bräutlich langsam, hatte die Katze Übung, daß sie ihr sofort glaubten; auch die Kartoffeln waren groß und heiß, und die fleckige Bauernsülze scharf und saftig. Wir erzählten dann lange von Treck und Elend, bis sie uns gerührt Woi brachten (sind aber wirklich gute Leute!). Dann kamen Nachrichten: Große Kundgebung in Westberlin »die an der Grenze zum Sowjetsektor stattfand«: also wie die kleinen Jungen, die sich gegenseitig übern Zaun die Zunge rausbläken. »Und jeder will die längere haben.« »Gut Nacht!«: das verfinsterte Malaiengesicht des Mondes betrachtete uns boxerhaft, überlegen, bong die letzte Runde, spöttisch, vom Untergang her.

xiii Morgen im Kronenserail: es ist Keine Göttin außer Katrin! Blitzende Augen fuhren aus Haarpudeln, braune Nacken, und ein Fachwerk weißer Arme erhob sich mit lauter Seidenwölkchen darüber. Ich trat klopfherzig an meine Deckenrundung und legte die Hände vorsichtshalber am Blechrand fest. Lächelt's unterm zerzausten Herrenschnitt, daß mein Herz wirbelte. Augentief wie der Guamgraben, der Mund sprach obhin vom »Guten Morgen«; (überall weibte's im Haberstroh); eine weiße Handspange fibelte Deckenränder. Haarzeit; Elfenbeinzeit.

Schatten liefen ihr durch die Augen, der Lippenhimmel verfinsterte; ich ließ meine Hand los, die sofort ins Deckenwarm aufgenommen wurde. »Du ich –« brockte der Mund, ihr Kopf rang einmal wild, die Nase stöhnte kurz – »weißt Du, daß ich nur ein Fuß hab?!«, und sie stieß ihn jäh unten raus: die saubere harte Prothese bis Wadenmitte. Am linken Bein. »Beim Luftangriff.« Viel rote Schlüpfer leuchteten rundum auf, sonnig, breite Haremsampeln. Fuß war nicht mehr da. Sie fluchte rauh und hoffnungslos. »Aber sonst bin ich ganz in Ordnung« flüsterte ein brüchiger Contralto. Rote Mundschlucht, von Wildwässern überlaufen, aus der leise Windstöße flossen. Ich koppelte nun die andre Hand los, und sie sprang ihr zum Hinterkopf durch die dunkle Haarwiese. Sie schlug einmal schluchzend die Zähne in meinen Unterarm, dann sprach sie stolz: »Ich kann sogar helle Kniestrümpfe tragen. Weißt Du: ganz derbe, sportliche.« Ihre Augen sprangen wie junge Meteore einmal durchs Saalgewörbel; sie streckte die gelbe Armgerte und befahl: »Gieb mir die Strümpfe – da!« Die Decke bauschte sich groß und feierlich; noch einmal. Sie kniete, öffnete vorn für mich, und stützte die Hände auf meine Schultern, mit schimmernden Lichtern. Überall. Dann kamen die langen dunklen Seidenbeine aus den groben Falten, ich fing sie beide, und stellte das sachliche Mädchen neben mich zwischen Bett und Fenster. Ein Unterrock liante und paßte. Ein Kostüm überschlüpfte. Ein langer Mund plauderte: »Du ich hab ein schönes großes Radio.« »Katrin: !« Schnurren und ein hörnerner Tausendfuß rannte durchs Haargedschungel. »Die 180 Mark komm jeden Ersten mit der Post«; dazu beschwichtigend die Handfessel um meinen Unterarm. Fünf Minuten allein: die Sonne war sandiger, ruhiger geworden. (Wie herrlich schlecht würde sie mich nachher gleich behandeln, meine langsame Stolze!) Dann schlenderte es schlank durch die hohen Gitterreihen heran: »Becks werden schon warten.« Decken falten; Koffer schlichten. Da lehnt sie kariert am Bettpfosten. Lippenrausch und Brauenzwang. Aus geschlossenem Mund: »Liebste.« Aus geschlossenem Mund: »Liebster!« Dann herrisch und angstvoll: »Bestimmt Du.« – (Den Durchmesser einer Waschschüssel in Parsec ausdrücken).

xiv »Stell Dir vor: der Pfarrer hat mit seiner Haushälterin 5 Stuben und Küche!«. Sie lachte Feuer und Wasser: »und dann gibts da noch ein ‹Bischofszimmer›, das das ganze Jahr feierlich leer steht: der kommt nämlich einmal für ne Nacht her! Und so was lebt!!«. Wind zog den faltigen Wolkenhimmel enger zusammen; ein Leichtmotorrad stotterte vorbei: mit durchgedrücktem Kreuz saß der hurtige Affe drauf. Aus der Kirchenmauer: ein Chor von Heuchlern sang lauter Liebe und Güte, und ihr Rebellengesicht flackerte wieder weiß aus der Mantelkohle: »Allen, wie sie da drin sitzen, das Haus überm Kopf angezündet, und dann barfuß nach Niedersachsen!: Mensch, wenn doch bloß der Russe käme!«

»Und hast Du gesehen, wie der Fußboden unter Dir nachgab?«. »Stell Dir mal vor: nach jedem Eimer Wasser eine Straße weit laufen: jetzt im Winter!« Sie schauderte ungekünstelt und bewegte die Schultern: »Das Schrecklichste ist ja das Klo, Mensch! Du gingst gar nicht rein. Und ich soll das eventuell sauber machen – ?« Nee, das Loch war tatsächlich für Menschen unbewohnbar. »Und hast Du die Gesichter richtig angesehen?« sie ließ die Backen hängen, blähte den Mund, und wurde frappant dem idiotischen Geschwisterpaar ähnlich, die überm Flur hausten, Steinzeittypen. (Oh, wir hattens hintenrum rausgekriegt; über Webers, die beim Schwager vom Bürgermeister aßen!): »Siehst Du, deswegen sagt auch das Schwein vom Wohnungsamt aus Alzey vorher zu Niemandem, wo er hin kommt! Damit sie ja keine Ungelegenheiten haben; damit ja Niemand meutern oder sich beschweren kann. Damit sie morgen früh einfach den Leuten die Möbel auf die Straße stellen können, vor die Löcher: so, nun müßt ihr! – O diese frechen Säue!« Und auch ich hackte wild den Kopf: »Kommt-nicht-in-Frage!« schwor ich verbissen: »Wenn Die denken, sie können uns einfach überfahren! – Der iss ja morgen früh auch wieder mit da – das ist doch so ein Großer, Rascher, mit m Gesicht wie ham and eggs: da kann er Einiges hören.« Die Orgel brummte begütigend aus der Kirche, kuhwarm, das alte bewährte Christentum mit Doppelsohle und mehr geistigem Rindsleder als eben nötig wäre: »Christlich-Abendländische Kultur!?« Wenns Denen nach gegangen wäre, hielten wir heute noch die Erde für ne Scheibe mit Rom oder Jerusalem in der Mitte: aus Kant und Schopenhauer hätten sie n Scheiterhaufen gemacht, dann tüchtig Goethe und Wieland druff, und mit Darwin und Nietzsche angezündet! »Neenee, Katrin: Christentum hat mit Kultur nischt zu tun!« (Ich stamme allerdings aus einem Geschlecht, in dem für ‹verpappt› galt, wer Weihnachten in die Kirche ging). Sind Pfarrer gebildete Leute? »Wie kommst Du denn da drauf?« fragte ich verblüfft: »nennst Du das Bildung, wenn Einer statt Gott auch Deus, Theos und Elohim sagen kann? Denn darauf läufts ja hinaus.« (Laß nur gut sein: die Furcht des Herrn hemmt der Weisheit Anfang). Aber Katrin war von selbst schon beim Beweis der Kraft, ihre hübschen Fäuste wurden rund und fest vor Wut in den Handschuhen: »Hör doch ma: –« Wind rannte die Straße entlang, daß es staubte, und spielte Fußball mit Blättern: mein Vater hatte mich oft geohrfeigt, wenn ich die Schuhe so ramponierte! –: »Liebe, Liebe, nichts als Liebe« schleppte es breit aus der lehmfarbenen Flügeltür. »Und dieselben Schweine wollen uns dann in solche Löcher stecken?! Oh go to heaven: Worte, nichts als Worte!« Sie flog am ganzen Mantel, sie trat blind gegen meinen Fuß, sie schrie mich an: »Denken sich die Lumpen gar nichts, wenn sie sowas singen?!«

xv »Dichter, die sich schrecklich um neue Stoffe quälen, könnten ja pindarische Oden auf unsere Olympiasieger machen, Jesse Owens und Birger Rüd, kuck hier!«: Dreiundzwanzig musklige Gestalten bolzten und sprangen über den struppen Rasen, köpften die schwieligen Wolken, Bälle stiegen mit Magnuseffekt ins Windgeschrei. Ich preßte das Kinn auf den rauhen Pfahl und knäulte verächtlich die Finger durch meine kalten Taschen: öde Gesichter, rübiges Gemüt, Gedankensteppe, Seelentundra.: »Die Verleihung der Literaturpreise in der Mainzer Akademie hat der Südwestfunk nicht übertragen: aber der Vater der Fußballspieler Walter wurde ne halbe Stunde interviewt.«

Das Publikum: Schützenkönige mit strammen Bäuchen, gemästete oder schwangere Weiber, Kinder, die Gräser quälten und brüllten. Hassen, hasten, rasen, rasten. Man müßte weißgott immer ne Weltkarte an der Wand hängen haben, damit man Europa nur als das zerklüftete NW-Kap Asiens sich einprägte; und n Fußballfoto für christlich-abendländische Kultur, wo se anschließend den Schiedsrichter totschlagen. Es gibt eben doch Züge, die den Charakter unrettbar enthüllen und auf ewig verdächtig machen: an Befehlen oder Gehorchen Gefallen finden; Politiker sein. Andererseits gibt es Dummheiten und Irrtümer, die kompromittieren, wenn man sie *nicht* einmal beging. »Und das wären?«. Na, zum Beispiel als junger Mensch, so bis 25, Nietzsche für n Halbgott halten; oder ‹Die Menschheit› ebensolange lieben. Sie nickte verständnisvoll, und sah noch einmal mißfällig hinten zur Menge: »Na, alt werden wir in dem Nest ooch nich!« entschied sie. Wir traten hinter die mächtige Verladerampe: ihre Zähne brannten mir in der Kehle, Nägel nesselten im Genick, der Wind blaffte entrüstet um die Ecke und fuhr uns in die Mäntel. »Lastenausgleich, Katrin, ha ha? – Wo die umgehend aufrüsten wollen?! Hab nichts dagegen, wenn Einer dafür stimmt: aber dann sofort herunter mit ihm von seinem Laborstuhl, Handwerksstube, Ministersessel, Pfarrsiebenschläfer und hinein in die Wehrmacht: 2 Jahre Latrine scheuern; ‹Hinlegen›! ‹Auf, Marschmarsch› und dazu schreien müssen: Ich bin verrückt, bis der Kleintyrann gnädig abwinkt; Gewehrappell mit der Stecknadel; und dem Herrn Feldwebel mit 4 Mann die Streichhölzer einzeln auf der Tischplatte raufbringen, die Jener aus m 4. Stock schmeißt, fuffzichmal, bis die Schachtel leer ist: 1937 hab ichs gesehen in Sprottau, meinen Kopf dafür!!: O du herrliches deutsches Volk! Und du Schule der Mannheit, Kommiss! Aber in der Regierung sitzen ja Alles Solche, die nischt mehr mitmachen brauchen; Keiner unter 60: was brauchen wir noch Altersheime, wo wir doch die Parlamente haben! – Über solche Fragen dürfte Niemand mitstimmen, der nicht davon betroffen wird« (Anderes Thema; mir stieg die Galle zu sehr). »Hörst Du, wie sie blöken? Bis hierher? Und nachher gehn sie in die Kirche« (Modernes Gebetbuch: »In Flugzeugnöten zu singen«; »Gebet mit m besoffenen Chauffeur«; »Herr, laß die U-Bahn mich erreichen«. Ich kann nischt für meine Natur: bei so was fangen gewisse Organe in mir an zu zukken, und ich erzählte ihr gleich von »The Book Of Mormon«, welches im Jahre 420 schon wußte, daß John Smith aus Vermont es am 22. 9. 1823 auffinden würde.): »Es ist nichts so absurd, daß Gläubige es nicht glaubten. Oder Beamte täten.« »Nur zu wahr, was die Beamten anbelangt,« sagte sie weise und bitter, und wir gingen noch ein paar graue Werst in Richtung Sprendlingen. (Weitere Unterhaltungsthemen waren: »Liebst Du mich?!«; »Hast Du Freunde?«; »Ist die Weltgeschichte Zufall oder bloßer Unsinn?«; »Kannst Du Schachspielen?« – und ich erzählte ihr entrüstet, wie ich damals den schlesischen Provinzmeister umgelegt hatte, mit b2–b4: Jawoll!).

> xvi da kamen wir an einen breiten Weg, der vorn zu einem Dorfe führte; Himmel fing an, sich düster zu umziehen und regnete; Zwei, die immer über unsre Köpfe hinflogen, wollten also das Geleit sein: der enge Friedhof mit unordentlich gelegter Steinmauer eingefaßt; Kirche mit kurzem spitzen Schindelturm; in der dicken Wand jeder Seite nur ein einziges Fensterchen; die Tür wie halb in die Erde versunken; hohe Grabhügel dicht aneinander gedrängt und mit Nesseln bewachsen (Menschenmiete). Der Horizont war schon verdunkelt, der Himmel schien in der trüben Dämmerung allenthalben dicht aufzuliegen.

Hinter uns die Urlaute balltretender Menschheit; links dürrleibige Maismumien, Röcheln, trocken, unerfreulich; und vorn sank das blutründige Sonnenunheil durch gußeiserne Wolkenwände. Hadern: »Bratenesser, in den Sonntagsanzug verkleidet. Stramme parfümierte Huldinnen.« Aber Katrin erläuterte mitleidig: »Die Armen würden doch sonst nach Stall riechen. Tatsache.« Und der schmale feste Unterarm bog mich hin zum kleinen Stellwerk: zweistöckig, ordentliche Ziegel, Sechs mal Acht, flaches Dach, starke Blechtüren, dunkelgrüne. Wir umzögerten's von allen Seiten, planlos und gedankenvoll. »Unten wär Küche und ein Abstellraum. Großer.« »Oben großes Wohnzimmer mit ner Bettnische«. Tiefer atmen, schwerer nicken. (Wenn man bloß was anderes als Stammespossenreißer wäre; Hordenclown, dem der Chefpithekanthropus manchmal gnädig n Eckchen Mammutlende vor die Brust schlenkert.) Dämmerung schlich mit schweren Körben über die Felder; ich faßte wieder in Katrin, auch frecher, und sie zuckte kaum. »Keine Gardinen vor die vielen Fenster, oben. Ein ganz großer Saal, Du!«. »Ja.« sprach sie zwischen den Zähnen, und zog halb die Augen zu: vor Haß gegen das Drecknest. »Nachher vielleicht noch mal ansehen.« Der Steg schwankte grau über den Bach, (platte Wolkenlarven trafen sich da über jenem Wiesberg), Wind schwang die Grasrassel, regsam, ohne Leben. »Siehst Du sonst einen Baum?« und sie wies angewidert zur Binger Chaussee. »Aber der nimmt doch vom ‹guden Boden› weg«, empörte ich ironisch, »daselbst können doch Runkeln wachsen!« und schnitt Bedenken gleich ab: »Soll doch Jeder zwei Kinder weniger haben! Da wird sogleich Raum für Gehölze, und der Hunger hört auch auf! Kein Krieg, kein Elend mehr! Meine Stimme kriegt die Partei, die gegen Wiederbewaffnung und für Geburtenbeschränkung ist!«. »Also keine?«. »Also keine.« Der Weg endete sinnlos vor einem Feld plump verletzten Bodens: geschundene Erde, abgezogen die Pflanzenhaut, zerschnitten, argwöhnisch mit dornigem Draht umspannt. Voller Ekel also zurück: »Nich mal soviel Verstand haben diese Bullen, daß sie ihr ‹Eigen› mit menschlichen Hecken abgrenzen!« Wir preßten die verwilderten Gesichter aneinander. Der Hades begann träge zu dampfen; Dunst bezog eisig die erblassenden Pfade; Katrin darf sich den Stumpf nicht erkälten. Ein breiter Silberhauer schwoll aus welkem Wolkenmaul: mampfte greisig wieder zu.

xvii der beinerne Mond gaffte aus seinem Hexenring; bleiche Wische hasteten quer hindurch; Wind schlich vom Fliederbusch und tastete mir schlaff und frech durch alle Taschen, kalter pickpocket und flink homosex: wenn man mit dem Knüttel auf den himmlischen Bovisten schlüge, und ich erhob ihn, platzte die gelbe Lederknolle und die schwarze grüne Stickwolke wuppte draus: also hat

Zwischen Kruzifix und Kriegerdenkmal (noch für Marslatuhr, eines von den kleinen, aufgeregten, wo Viktoria n Doppelnelson am alten Kaiser Wilhelm anbringt); so viel Flüche und artigste Ketzereien hatte Rabbi Jeschua wohl lange nicht mehr gehört. »Mensch: so! N Tisch rein –: Schluß!« zeigte Wachlinger mit Händen die Kleinheit der Stuben am Schweinemarkt: »Wenn die Sonne rein scheint, muß ich raus! – Wenn de lachst, stößte mitn Backen an.« Aber aus allen Grüppchen murmelten Flüche: »Bloß Dachkammern und Schuppen haben die Schweine schnell leergemacht.« »In der Schlafstube kannste überm Fenster die Hand durchschieben ins Freie.« »Sie jing jar nich räin in das Ding.« sagte Borck zu meinen 1.85, »dos sind Schränke aber käine Schtuben; ich zieh nich hin, und wenn ich morjen bis zum Minister nach Mäinz fahren soll.« Der Hirnverletzte (aber auch schon wieder des vin tendre voll) erzählte laut und traurig: »Vorne, wo meine Werkstatt war, konnt ich direkt ins Tal runter kucken, zur Oppa; oben schliefen die Kinder und die Großmutter ...«, hier wandte Einer etwas ein, aber er schüttelte bestimmt die grüne Schirmmütze: »Zwölf Morgen warns, eher mehr, und gutter Boden.« Aha. »Und mit n Tschechen konnt ma ooch auskommen: brauchst bloß nic immer de große Fresse haben –«. Ich zog Katrin sacht heraus. »Aus Troppau ist er; vom Sudetengau,« erläuterte ich überdrüssig, »komm; wir gehen nochmal rundum.« Schulstraße hoch. Unterm Malzturm glühte und brüllte das flache Tonnengewölbe, es war direkt warm an die Beine. Ich sah zur Seite ins starre flammige Gesicht, und holte sie langsam in die dunklere Straße: »Wir ziehen auf jeden Fall zusammen. Du! Als Verlobte das geht doch!« »Katrin!« Sie drängte mich fest in die Toreinfahrt und atmete mit den Zähnen. »Katrin.« Sie zerriß mich mit Fingern und bohrte die Stirne in meine Brust: »Katrinkatrinkatrin«. »Du das wird was.« sagte sie mir gebrochen in den Mund, und schmeckte überall fest und kalt, und schob das Kinn an meins, daß wir schwankten. Vor der Krone: »Du, aber heiraten entfällt vollkommen«, warnte sie mit klugem Blick über mein Gesicht: »denk ma: 180 Mark Rente, das wäre ja Wahnsinn.« Stand in der Tür unter der rotbedruckten Milchsphäre. Schnickte einmal jung und souverän mit dem Kopf: »Bis morgen. Du!«, und freute sich, und zitterte sportlich. Oben am Saalfenster hörte ich sie drohend zur Bettnachbarin Marga sagen: »Die sollen mir und meinem Verlobten ma Schwierigkeiten machen!« Das Gespräch schien leiser und angeregter zu werden.

xviii »Ein Amerikaner hat ausgerechnet, daß jede Sekunde 800 Umarmungen enden«. »Muß ja schlimmer sein, wie bei'm MG!«, rief er entzückt: »hat er ooch noch die Energie? Was sich Alles so damit betreiben ließe?«. »Surement« sagte ich heiter: »Die ‹Queen Mary› pausenlos übern Atlantik fahren. Die vereinte Kraft gegen die Richtung der Erdrotation eingesetzt, würde im Lauf eines Jahres den Tag um 6 Sekunden verlängern.« »Also denn immer mit'm Kopp nach Westen,« abstrahierte er sich gewissenhaft die neue Lebensregel, »umgekehrt wie die Mohammedaner.« – und durch solche ethnographischen Anspielungen kamen wir aus der gaya scienza allmählich wieder in würdigere, bärtigere Bereiche.

Aber der Schnaps war schön, giftig, hellhörig, stark. Das Licht wurde noch schmieriger, und die Abwässer der Worte sickerten ihnen pausenlos aus den Mundsielen; ich besuchte unauffällig jede Gruppe im Saal; es war weit hinter 22 Uhr; alle Knaben taten, als schliefen sie. Politik (das war wieder der Kleine mit dem kleinen Kopf): »Einigung Europas? Aber von Westen her heute nich mehr! Sieh Dir ma die Kleinstaaten hier an und dann Rußland!« Ich nickte ihm bitter zu und schwebte weiter; Stühle waren nur dreie da: standen wir eben! Hier fehlt Keinem etwas, was dem Andern nicht gleichfalls mangelte: so sind wir alle Flüchtlinge! (Ich kann das lange: auf dem Fußboden schlafen und mit der Kammertür zudecken!). Der Wind knitterte im Taft der Nacht; ‹Wein trinken macht fröhlich› stand umblümt über den Betten; zwei Angeheiterte bogen sich lachend voreinander, der Dritte kam und wurde vorgestellt: »Herr Schönert – trägt rechts.« »Angenehm.« sagte feierlich der geile Alte: »Steckimrinski.« Karbonade und Scharte auswetzen. (Ob Karbonade von Karbon kommt? Dann gibt s auch Devonade und Permesankäse). Rechts las man Nationales vor und sah mich prachtvoll stahlgewittrig an: ei, so laßt uns denn kollektiv denken, und »Nich wahr: doll«, sagte ich hinterhältig warm: hei, wie sie auflebten und s mit beteuerten. Einer brachte sogar den großen Hans Dominik raus, und sie hoben und senkten eine Zeit lang bestätigend die breiten gelblichen Stirnen, uns ist ganz kannibalisch wohl, I was condescending with all my might (aber das ist nicht allzuviel; hab wenig Geduld mit solchen Feuerwehrleuten. Schon der schönste Gegenstand kann durch das Lob eines Narren unleidlich werden, von Volksausgaben ganz zu schweigen). Noch mal im Hof; auch dieses Klo war schon fast unbrauchbar, ist ja auch gar kein Wunder: ein Ding für 65 Mann – das andere haben die Lumpen zugeschlossen. Von da erst mal vor die Tür nach frischer Luft: drüben das Pfarrhaus mit dem Bischofszimmer, und es fällt kein Blitz. Landschaft?: Nichts; also die Luftschaft (Oberwelt): Silberboje, schräg verankert im Wolkenstrom; Wind wollte etwas in der Ursprache berichten, zischelte aber diesmal zu hastig, und wir gingen auseinander. Unter meinem Bett saß Weber sehr allein im Trüben; er hob den Kopf und nickte mir eins: »Ich *kann* da nich reinziehen,« sagte er erschöpft: »ich hab sie heute Abend gesehen; s war ganz dunkel im Hause, erst gings die Treppe hoch, dann noch eene: dann *noch* eene – und finster warn die Stuben, alle mit schrägen Wänden, und zwee sinds ooch bloss« er schüttelte sich ratlos: »N Wasserhahn hats drinnen und a Becken; aber mir sein doch extra umgesiedelt, weil das Mädel doch amall anne eigne Stube haben muß; die Marga wird Fümundzwanzich, das muß doch amall sein!« Er plättete die Decken immer mit der hornigen Hand: »ich muß s n morgen sagen: ich kann da nich rein.« Noch einmal schüttete er den Mund aus: »Gleich gegenüber, wo Sie gegessen ham: mit m Schandarm ham se die Dachkammern freimachen müssen, er hot Alles zerhacken wolln.« Hess hieß der Edle. (Der Schmied mußte aber wirklich n Herzfehler haben, denn er bebte am ganzen dicken Körper): »Ich schlaf die Nacht nie« und wickelte sich ein (und oben in Niedersachsen hatte er sogar Arbeit gehabt!). Der kleine Schneider, der wie Heinz Rühmann aussah, drehte schlafe Hände aus den Decken; hinten sauten sie noch immer, endlos, der deutsche Mensch: sollen sich bloß nich dicke tun, die alten Germanen haben genauso Giftpfeile verwendet wie alle anderen Hottentotten!

xix »Cha, wenn die vielen schrägen Wände nicht wären –« (bis Hess wieder kochte und bauchig treppabte); dann flüsterten wir hastig umher: »Du, die sind gar nich ma so klein: – Bodenfläche – na: Fünf fünfzig mal Vier«. »Die Küche kommt nebenan hin.« »Und fließend Wasser.« »Ganz für uns hier oben«. »Und bloß elf Mark Miete; allerdings Dachluken und keine Aussicht.« – »Kannst Du denn mit Deinem Fuß die ewigen Treppen steigen?« Wetterwolkte's Gesicht. »Ich kann«. Kurzgegroll aus Bitterbösem. »Wir können auch bloß ein Bett aufstellen –« bat ich gleich ab. »De-stobesser!« knurrte die Unversöhnte fest, ich mußte gleich gehen, und bei Becks den kleinen Plattenwagen pumpen.

Und der Herr aus Alzey hatte ganz schöne Ohren gemacht, als ich ihm in klangvoll fließendem Hochdeutsch, und ich rollte gemeinnützig die Augen, meinen Standpunkt umriß (und hinter mir standen schon die Anderen!): »So ein' Transport hab ich noch nich erlebt.«: »Dann wirds ja mal Zeit!« Weber allerdings flüsterte nur unter dem Gewicht der Obrigkeit, die Gewalt über ihn hat, der gottgesetzten. Ich wills kurz machen: er sah sofort, daß, wenn er mich Rädelsmaul beseitigte, und ich war stark genug – »Ach, das iss Ihre Verlobte?!« – und ging triumphierend mit uns zu Hess. Jetzt fing der an: unverheiratet; anständiges Haus (war auch neu abgeputzt!). »Nich ärgern,« sagte mir Katrin unerschütterlich, »das sind doch gar keine Menschen. Sind doch Bauern.« Sie zog aus dem hübschen Bündel einen veilchenfarbenen Fünfzigmarkschein, und zahlte holdlächelnd ein Vierteljahr voraus, vergällte ihm allerdings den Besitz durch die unschuldige Frage: »Ratten hats keine, oder?«. »Und die Quittung geben Sie nachher, ja?« Das Klo zwar im Hof, aber mit Wasserspülung, also eine Sehenswürdigkeit des Ortes. Ich sah mich verbissen um: ehrbar geweißte Gemüter, Gehirn wie gehabt, für Erdarbeiten hervorragend geeignet. »Muß auch sein«, beschwichtigte sie mich, aber ich lachte nur kurz: »'türlich,« gab ich zu, »aber in ‹Arbeiter der Stirn und Faust› ist das ‹und› ne Frechheit. – Glücklicherweise ist die Geringschätzung vollkommen gegenseitig. Laß man«. Dann holte ich mit Josef (dem Sohn) unsere Möbel; und der Tag verging mit Kisten zerreißen, Möbel hochstemmen, Haut schlitzen, Frieren, Nageln; als es finster wurde, hatten wir erst die Bretter im Bett; ich schickte Katrin aus dem Wirr noch einmal in die Krone: »für diese Nacht.« Wilder und schwerer Abschied. +1° und bedeckt. Ich ragte einsam und steif im Gekist; die Skelette der Sternbilder renkten am Himmel, oh wir komischen Präparate: ob Gott tatsächlich (wie er's ja schriftlich gab) Ähnlichkeit mit dem alten Hess unten hat? Eher Ja wie Nee! Schaudern, Niesen, Niesen, na: l'empereur ne soit autre maladie que la mort. Sitzen, Aufstehen, Sitzen, Liegen, Aufstehn. Kameradschaft, Kameradschaft: ich halte nichts von der Gruppe der Mittelgefühle! Gegen Un- oder wenig Bekannte höflich gleichgültig; ansonsten Liebe oder Haß (Skoteinos). Ich tastete über Würfelkanten: war doch auch sechs Jahre Frontsoldat gewesen, Kriegsgefangner dazu, (für mein bissel Zeug ist die Bude ohnehin zu groß), aber ich hatte nur immer Widerwillen, höchstens Duldung. Licht gor um Drei, trübe Graugelbe, aus Wolken; von meiner Weltraumluke beschrak ich die gefrorenen Dächer, im hohen abwehrenden Mantelkragen, wie die ganz da draußen, ariel-umbriel, planetenkalt, ich, weißgliedrig, seidenhaarig: nee, ich hab kein' Zweck. Hinhauen. – Katrin trat ans Bett, ich stand auf, wie ich lag, die Hände in den Taschen, sie sah erschrocken anbetend mitleidig hoch: dann legte sie mir die Hand auf die Brust und stellte mein Herz wieder an. (War noch ganz früh; Apfelsinenschnittchen des Mondes auf Hellrotem).

XX »Siehst Du«, sagte Katrin triumphierend und zog mehrmals die Schübe auf und zu, »der mittelste ist für Bestecks.« Die geräumige Platte war mit marmoriertem Hartlinoleum bezogen; Holz hellgelb und fatal glänzend; die Rückwand tönendes Sperrholz, das genügt vollkommen! Neusilberne Schlüssel knackten gelenkig die Türen: innen war das Querbrett ein Stück schmäler, und ich sah Katrin fragend an: ?. »Das iss prima«, freute sie sich, »da kommen vorn hohe Gegenstände rein, Flaschen und so.« Wir nickten sachlich in die flüglige Öffnung, probierten mit der Hand noch mehrfach die gerundeten Kanten, und dann schoben wir dies Unterteil eines Küchenschrankes an die Wand, neben die Tür zum Wohnzimmer.

Überbrückungshilfe beim Bürgermeister abholen: 20 Mark für Männer, 10 für Frauen; und Katrin war empört: immer noch die alte Überheblichkeit! Sie murmelte unglaublich, und ich machte galant den Übergang zum Thema ‹Hat das Weib eine Seele?› (natürlich nicht; aber dafür andere auch sehr aparte devices). »Ja; und der Mann ist nur ein wandelnder Duweißtschonwas!«, und kam trotzig nicht mehr, erst spät, und war lange aufsässig, dann bekam ich aber doch einen reuigen Klaps: »Nu los: abgeholt wirds trotzdem!« Ein speckiger Bürgermeister, ein dünner regierender Schreiber (son Verhältnis kannte ich; war beim Militär auch meine Zeit I a gewesen). ‹Zu Haus› fand ich sie dünn über ein unscheinbares Pelzchen gekauert: »Denkmal: es hat keinen Namen! – Wo gibts denn so was?« klagte sie großäugig. Vertrauensvollst: »Schnell Du: wie heißt sie.« Ich schob kritisch den Mund vor, und nickte lichtenbergisch, wie's unter Katrinke's Kraulehand sprudelte, bescheiden und schwärzlich getigert. »Das Kätzchen GURNEMANZ.« (Der vordere Teil des Namens schnurrt; der hintere trägt's Schwänzchen hoch genug). Sie nickte erlöst und ehrfürchtig: gut, der Mann! Dann knitterte sie doch wieder mißtrauisch die Stirn: »Den Namen hab ich aber doch schon wo gehört – ?«. »Also bittä.« sagte ich gekränkt: »wenn er Dir nicht gefällt, können wir ihn ja auch Prschemislottokar rufen, wie beim Fürsten Lobkowitz«, und sie rüttelte mich begeistert mit den Augen. Komm hoch und komm. »Hast Du die Anmeldung schon ausgefüllt?« und der Kugelschreiber druckte; »Haushaltstarif beantragen«, und der Kugelschreiber. »Eine Mark Wassergeld im Monat will er haben.« »Geht.« Dann kam der halbe Küchenschrank. Und ein einfältiger aber fester Tisch. »Komm her, Katrin!« Wir verstrickten uns zur Erholung (vom Einräumen) in Augen, Mund und Arme: »Du!«. »Du.« »– Ach, Du –« An die Wand dann: ‹Otto Kühl: Haideweg›. »Prima, Du!« »Je länger mans ansieht.« Es war nur eine einfache Kiste, und ich hatte Querbrettel eingepaßt: das Bücherregal: achtzig Stück. (»Nach m nächsten Krieg sinds nur noch zehn.«). Neben den Schreibtisch. »Katri–in.« Arm um die Schultern: »Unser Haus hat eine Seele bekommen«. (= Bücher. Cicero.). Sie neigte sich und fingerte und las: Cooper, Wieland, Jean Paul: Moritzcervantestieckundsoweiter. Schopenhauerlogarithmentafeln. »Wie das?«

xxi Ein sehr kleiner, schwarzer Eisenherd, ein Knautsch Sanellapapier, eine bedruckte Tüte, ein Hafermehlkarton, eine Faust voll Späne, anderthalb stumpfe Briketts, sechs glitzernde Kohlen, eine dreckige Hand vorsichtig am Streichholz, der grüne Wassertopf augenentlang, dabei schwebt eine Hand die Schulter, zwei Schuhe hin und her, eine Hand katzt im Haar, die Flamme klimmt ins Pergament, ein Span knackt und wird fett und gelb, ein Messerkasten rasselt erst unsentimental, dann rauht die Mädchenstimme dazu: »Mensch bin ich froh!«

(Wie gut, daß wir kein Organ haben, um die Luftströmungen zu erkennen: was meinen Sie, wie sich aus Ihrem geheizten Ofen die Wirbel und Säulen drehen würden, breite gläserne Schlangenleiber, mannshohe Protuberanzen, Cellophanräder: man hätte das Chaos im Winterzimmer! Und wieder einen Grund mehr, sich zu entsetzen.). Kohlenscheine empfangen: 3 Zentner Briketts, 3 Zentner Kohle; in Praxi gabs natürlich erstmal nur je einen: »Was denkst Du, wie dunkel das im Schuppen schon war; und wenn er die Körbe nur voll Nacht gehabt und reingeschüttet hat, hätt ichs auch nich sehen können, also diese Frauen! – fang Du lieber Dein Tagebuch an!« Sie kam und überlegte (vorhin hatte Sie s vor Glück versprochen): »Was kommt da Alles rein?«. »Erst mal s Wetter«, belehrte ich, »Temperatur, Barometer, Wind; Bewölkung, Niederschläge, Himmelserscheinungen«. »O Du seelenloses Automat!« empörte sie sich; zuckte wütend, dann katzenhaft weich: »Etwa außerdem noch was – – ?«. »Nu: besondere Vorkommnisse«, sagte ich überlegen; prononciert: »Und bei einer wahrhaft Liebenden wird ja Alles dazu!«; wieder ruhiger: »zum Beispiel ‹Katrin war heut gutartig.›« »Oder ‹Er rasierte sich freiwillig›«, schlug die Gelehrige vor, aber ich blieb unerschütterlich: n Mönch, n Weib und n Offizier können Keinen beleidigen; dann fiel mir noch ein: »Und wenn wir uns gezankt haben – (»Oft, Du!« versprach sie begeistert) – dann schreiben wir uns Post: kleine Zettel. Und da steht drauf .....« »‹Essen's fertich›«, sagte sie hochpatzig und schloß abweisend die Augen, »oder ‹Bittest Du sofort ab?!›. Oder ‹Ich geh jetzt schlafen.›«. »Und wünsche zweimal gestört zu sein« ergänzte ich trocken. Sie holte tiefbefriedigt Luft, sah zu, wie ich oben den Bettvorhang beringte und anbrachte, und begann dann die Essenberatung (an sich hatten uns Becks nochmal eingeladen, aber sie hatte s abgelehnt: Kochen soll lustig für uns sein, und der eine Tag machts nicht!); also: »Was gibt s?«. Nu, es war ja wohl anerkennenswert, und sie kramte hochkritisch in weißen Tütchen und gelben Würfeln: »Frag doch mal ...«, murmelte sie tiefsinnig, ging und überlegte, und ich stand da gespannt und wartete, frag doch mal, wild, was nun kommen würde: und es kam nichts, gar nichts: las ein Rezept, und sah mich süß und abwesend an: Keine ist was nutz! (Und nachher liefs doch auf Pellkartoffeln und Leberwurst hinaus). »Hast Du meine Nagelschere gesehen?«: das beim zweiten Tag Einräumen, wo doch selbst Gegenstände bis Stuhlgröße verschwinden können! Da schloß ich energisch die Tür (was aber auch sinnlos war, denn die Glasscheibe drin fehlte, und Katrin stand auch schon dran, mit grünen Taubenaugen, und maute um einen Kuß). Abwaschen: »Kannst Du mir abtrocknen helfen?« (das heißt auf Frauendeutsch ‹abtrocknen›!). »Bloß die Bestecke *und* das Allerwichtigste –«; ich wußte zwar, es war falsch, und das würde nun regelmäßiger als nötig geschehen, aber. »Trags wenigstens ins Tagebuch ein.« forderte ich finster. Wir klimperten also mächtig in der endlosen silbrig verschwollenen Dämmerung, und räumten Alles schön auf.

xxii schicken schräg gesteppten Morgenrock, weißgrüner Grund mit fahlroten Blumen; den Wecker wollte sie durchaus aufs Bücherregal dekorieren. »Hier um keinen Preis die Uhr drin, Katrin: uns die Zeit zuteilen, wie lange wir dies und das tun dürfen!« »Oder Jenes« ergänzte sie fürwitzig und sah mich überflüssigerweise auch noch an; dann verordnete sie sich würdig: »Und jetzt erröte gefälligst ein bißchen, Trine.« »Du?« fragte ich, noch immer aufgebracht, »und jetzt schon?«. Und: »Ist vielleicht Gott errötet, als er diese Welt geschaffen hatte?! «. »Na dann –« bestätigte sie gleichmütig, und hatte nichts drunter, und schmeckte elastisch und sauber und hatte überall festes Haar, und wir schlugen übereinander zusammen.

Under the greenwood tree: who loves to lie with me? / Ist gar keine Frage, was, Katrin? / And turn his merry note unto the sweet birds throat. / Und wie sie notfalls pfeifen kann! – Sie machte unten viel Bodengymnastik, nur in Nylons, winkte mit Beinen und kleinköpfigen Hanteln, bog sich weißrindig und ließ entzückend Haare trauern, Blatthände taumeln. (Ist das Bett hoch!: ich komm mir vor, wie der Alte vom Berge!) / Come hither, come hither, come hither / »Komm, Birke, komm!« und ähnliche Diakopen. Sie kam vorsichtig und ließ sich mehrfach die Bauchmuskulatur küssen, rannte aber sogleich wieder im Kreise fort: »to say nothing of you: ich trau mir nicht über den Weg!« (Also weiter: As you like it:) / Here shall he see no enemy but winter and rough weather /: »Und dagegen kaufen wir Kohle und ganz viel Holz!« Ein Kamm harfte ihr Haar, bis es kurz wie eine Kappe saß. Noch einmal fing ihr Gesicht an, auf mir herum zu klettern, Zähne häkelten und griffen, Haifischerbin, mir in die Schulter, Braunhaarwiese, mir unters Kinn. Dann wuschen wir uns in der Küche, aus zwei schimmernden Aluminiumwännchen, gegenseitig, der alte Hess fingerte unten das neue Lied vom Gesangverein aufm Klavier, starrer Himmel heißes Wasser, »hast Du eine Rückenfläche, Junge!«, wir gliederten im dunkelgrauen Teichlicht wie große glatte Silberfische, »Du machst ein Konsolchen in die Bettecke –«, die Puderbüchse staubte weiß und sorgfältig hinein, »da tu ich dann mein Nähzeug drauf –«, zwei Hände klopften und strichen sich an Hüften sauber,: »und Du liest den ganzen Abend vor!«, wir bezogen uns langsam mit den Kleidern, selig: »Mir hat noch Niemand vorgelesen; und ich mochts immer so gern. Von Dir.« Wir stellten noch rasch die Weymouthskieferchen aufs Fensterbrett, die ich mitgebracht hatte. »Nächsten Frühling pflanz ich ne Birke und ne Kastanie« sagte Katrin tiefsinnig, »kuck ma: unten im Hof.« Und wir sahen zu Becks hinunter, wie da in der zähen Dämmerung Beide am Waschfaß standen, Martha und Pauline, in einer Hand die Zeitung, die andere pumpte mäßig am Handschwengel. »In Wöllstein iss ne Wäscherei da geben wir unsre hin«; löste sich abwesend von meiner Seite und ging in die Küche.

xxiii Die Schreibmaschine trippelte unter ihren dünnen Fingern, wie in Stöckelschuhen, immer um mein Ohr: »Ich schreib an Frenzelheidelberg mit; gleich nach vier Dutzend; Postfach fünf-zwon-dreißig.« Ich nahm ihr mit beiden Händen das listige bleiche Gesicht von den Schultern und verschlang es. Die Ratte rannte einmal im Giebel; ihre Hände zerpflückten mein Haar; dann sank sie wieder zu ihrem Schemel. Aus dem erdigen Himmel hingen Rauchseile auf alle Schlote, kalt und still. Frost war hinter den nackten Scheiben in der Luft, hoch über der Dächerwüste, und ich zog gedankenlos den Schal enger.

Erst blies sie drüben noch ein bißchen auf der Mundharmonika (mochte in ihrer Couch hocken) fein und schwirrend: die kleine Stadt will schlafen gehn / Wenn die Abendglocke läutet / Ol'Man River; und blies es so, daß man hörte, wie froh wir jetzt waren. Dann kam sie schmalbeinig, setzte die Schreibmaschine auf einen Stuhl und sich auf den Schemel davor: »Postkarten schreiben. Verwandten neue Adresse melden.« Murmeln und Trippeltrapp. Einmal holte sie ihren Volksbrockhaus, 1941, den Einbaum unter den Lexika, und blätterte mürrisch und fremdwortsüchtig; erst als ich ihr nachwies, was das für ein Mist sei, wurde sie wieder froher (Nur ein sparsamster Band Platz! Und dann solche Dinger drin, wie »Bau: Tätigkeit des Bauens«; oder hier »bißchen: ein wenig«; »keusch«; oder die Abbildung einer Axt: das muß man sich mal vorstellen!). Trippeltrapp: »Stell ma's Radio ein –«; und ich tat es nicht: »ich werde meine Ohren nicht jeder beliebigen Sendung preisgeben«, antwortete ich entschlossen. »Schreib Deiner Schwester auch wegen'm großen Webster«; denn ich hatte lange und unwillig nach der Bedeutung von »tent-stitch« gesucht; auch im Cassels wars nicht drin. Trippeltrapp: ihre Augen tanzten im Zehnfingersystem um mein Gesicht: »Weißt Du schon, was wir heut Abend lesen?!«. »Englisch odern Wieland oder die Unsichtbare Loge oder die Littlepage Manuscripts«. »Du, ich üb jetzt jeden Tak, – Und dann kannst Du mir alles ansagen« schloß sie tief und stürmisch; die Ratte steppte im Gebälk (jetzt fiel mir ein, wie ich die Kakteenbrettchen in die schrägen Dachfenster schieben konnte); »Alles: Du?!«. Aus grauesten Krügen rann Dämmerung über den tönernen Rundling; die Glocke verschlenkerte ihr Blechgebell wahllos; an jeden Rennenden; vor Weihnachten war nicht mehr an Mond zu denken; ich erlaubte mir vor Glück zu zittern. Sie drehte die fertige Postkarte heraus, holte aus dem alten Kästchen Berliner Blaue, leckte und klebte, Handwurzel drauf. Sprang in den topper und kommandierte: »Komm zur Post. Wir täpsen noch n Stück«. »Und im Frühjahr kaufen wir uns n Tandem!«. (Unten wurde Gurnemanz, Gurr, Gurr, Gurrnemanz bedeutend gekurbelt.)

xxiv DAS ROTE AUTO. Mit den glatten Scheiben, den hellen Klinken, langgesteppten Polstern, aufschwillt das Kofferfach, cul de Mercedes, wie wogt das Lacklicht übers Radgewölbe. Es wiegt sich knurrend heran, schneller als der normale Wind, und preßt mit den starken Reifen die Erde; seine Stimme ist wie der Schrei des Kasuars; vor der dicken gerippten Brust Querblitz der Stoßstange. DAS ROTE AUTO. Aus kraken Knopfaugen, fauchender Blechmandrill, schiele Katrin nicht so geil durch den Rock, begehre federnd nicht mich in deine brunstweiche Blase. Johlendes Kunsttier, du tötest den Abend, dein bläulicher Giftfortz durchschleicht alle Gassen, Zahlen am affglatten Leuchtsteiß dein Name, ein öder Vertreter die meckrige Seele. DAS ROTE AUTO.

Der hohe Wolkenbug drang wie ein Rotbrecher in die Sonnenbrandung vor; Wind schmolz kalt über meine Hand, unser Haar flatterte. Am Bahnhof beneideten wir's den Beamten: die festen schön geränderten Formulare; die klare feuerfarbene Mütze (als künstlicher Horizont); das gelbwinklige Lampenlicht im Warteraum, das er einstellen konnte, wenn er wollte: rechtwinklige Welt, eingerahmt, weingerahmt. Eine Viermotorige kroch rummend mainzwärts; schwerer kam mir Katrin ins Geärm: wir waren ja zusammen, mein Bett ist Dein Bett. Langsam promenierten wieder die Erinnerungen, Jüngling und Mädchen in Schlesien, Erinnerungen: Grüne; Graue; Schwarze; Rote. »Wo komm ich hin?«. »Rote«. Wind flog ein paarmal vorbei; der Gilbmond lehnte lang durchs Fenster der Wolkenruine. Aus zuen Läden immer derselbe Rheinsender mit seiner Musikkonserve. Vorm Aichhäuschen die Handglocke des Ausrufers, und wir horchten ernst und verblüfft, wie er durch den Fahrradrahmen erdwärts kaute: »... ; ... : ... häzlich einklade.« o meine Sprachgenossen! Der Schriftsteller: wenn dann das arme Luder, Franktireur des Geistes, tot ist, hundert Jahre später, möchten sie ihn am liebsten mit Germanistennägeln wieder aus dem Boden scharren. Und beanspruchen ihn dann noch frech als »Deutschen Dichter«, als volkseigenen: der würde Euch ganz schön anspucken, meine verehrten Sprachgenossen! Die starre Silbermachete des Mondes schnitt durchs Wolkendschungel; die Sterne beschrieben ihre wahnsinnigen Kreise. Und das große Auto duckte am steinernen Rain, noch lauen Geifer vorm Kühler: »Möchtest Du eins haben?« fragte Katrin, dezent hineinspähend. »Hör mal: eh ich Dir eins kaufe!« (ich suchte empört nach dem größten Vergleich): »eher wähl ich CDU! Du«. »... mir eins kaufen –«, murmelte sie nach, schnurrend glücklich, ehefraulich versonnen. Und der Eigner kam sehr breit, in nackter Lederjacke knickerbockigen Ganges, finster sicher geschäftlich wunderbar, fehlt bloß n Scheitelauge; eh er sich reinstemmte, forschte er auf zum Himmelszelt, Herr Heinrich Tiefbewegt, und ich machte schnell noch die Aufnahme. »Morgen holen wir n Eimer Sirup: der kost' hier bloß 10 Mark.« (In Niedersachsen 14!) »Und auch Kartoffeln sind nur die Hälfte.« Lachten wir uns an, froh solcher Billigkeit, arme heitere Kümmerform, Pärchen ohn' Tiefgang, die Gesellschaft vom Dachboden: ein irrsinnig gewordener Hahn kräht jede Nacht um Drei: der ist oft daran schuld. – So leben wir zunächst zusammen; wie es weiter wird, weiß ich noch nicht.